FÉLIBRÉE

DE

LABRILLANE

(16 SEPTEMBRE 1888)

Les Prouvençau
Se tènon mies à tauro qu'à chivau.

FORCALQUIER
F. Bruneau, Imprimeur de l'Athénée et du Félibrige des Alpes
M DCCC LXXXVIII

FÉLIBRÉE

DE

LABRILLANE

(16 SEPTEMBRE 1888)

Les Prouvençau
Se tènon mies à tauro qu'à chivau.

FORCALQUIER
F. BRUNEAU, Imprimeur de l'Athénée et du Félibrige des Alpes
M DCCC LXXXVIII

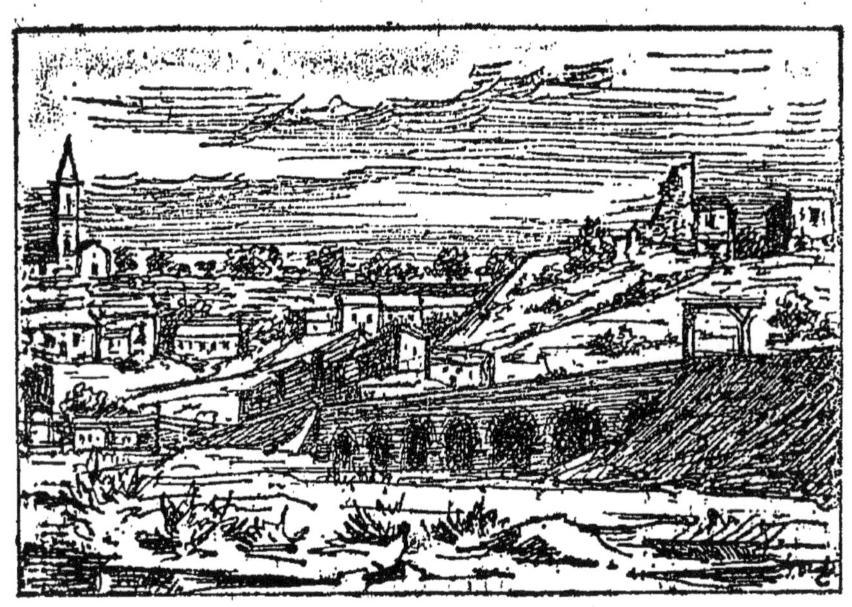

FÉLIBRÉE DE LABRILLANE (1)

(16 Septembre 1888)

Les Sociétés littéraires de Forcalquier, l'Athénée *et* l'École du Félibrige des Alpes, *donnent, depuis leur fondation, le rare exemple d'une entente ayant résolu le prodige de l'unité en deux groupes. Leurs*

(1) Nous profitons de l'occasion qui nous est offerte, pour prendre l'initiative d'une protestation pratique contre l'orthographe officiellement infligée à notre antique *Leporiana*. Déjà l'autorité administrative avait singulièrement défiguré son nom, en le coupant en deux : La *Brillane*. Voici que la Compagnie P. L. M. en arrive à ne garder que la seconde partie du mot et à écrire : *Brillane*. Où s'arrêterait ce système d'amputation, si les amis éclairés des souvenirs locaux n'y mettaient bon ordre ? On nous permettra donc de revenir à l'orthographe de nos pères, *Labrillane*, en attendant qu'un plus osé et plus logique écrive étymologiquement : *Lébrihane*.

présidents adressaient ensemble à tout le félibrige, au commencement de Septembre, la charmante convocation que voici:

Moussu e car Counfraire,

Les Oupen, hou sabèi, s'acampon tóutei les an, à-n-uno toureja freirenalo, dins quauque rode istouri de l'auto Prouvènço, vou bèn dins quòucun des pu galant recantoun de l'encountra.

Aquest an, es à Labrihano que fen comte, *lou dimenche 16 de Setèmbre que vèn,* de rampela lei valents ami e tambèn lei belles amigo de la lengo e des tradicien prouvençalo.

Aqui, dins l'antico *Leporiana* de Bartran Ie, des cavalié dou Temple, dou bouon Renat, e de mèste Lèu, soun barbejaire tant famous; sus uno ribo que courousamen s'estalouiro entre les pinedo de Niouvèlo e les isclo de Durènço, atroubaren, tout ou cop, de recourdanso patrialo, em' un site pitourés qu'es pas de creire.

L'estacien de Labrihano es ou cèntre de nouestes endré; e se devino que les trin dou camin de ferre parmeton de faire, dins uno memo journa, l'ana-veni de Digno, de Gap, d'Avignoun, d'Ais e de Marseiho, à-n-aquelo estacien.

Tambèn, aven fisanso que l'acampa de 1888 sera tant e pièi mai numerouo, e coumten sus uno veritablo fiéro de felibre e d'oupinisto.

Serian bravamen moucoura, bèu counfraire, se venié que defòutessias à-n-aquelo asèmpra des prouvençau de la bouono. Venè-li, aduai-noui vouoste enavans, vouoste amour de la patrio, vouostei rimo en que dialèite que sié, e subre-que-tout vouostei damo e dameisello, istènt que sènso élei li a gis de fèsto coumplido. N'en soun la joio e l'ounour: Li fan regna lou bouon goust, ensèn emé l'estrambord.

Su l'espero de vous quicha la man aquéu bèu dimenche, vous preguen, car counfraire, d'agrada nouòstei sentiment afouga...

Lou Cabiscòu de l'escoro des Aup,
L. MAURÈU.

Lou Presidènt de l'Atenéu,
E. PLAUCHUD.

Oublides pa de faire saupre à M. PLAUCHUD, à Fourcouquié, se lo pouo coumta su vous, e **aco avant lou 10 de Setèmbre.**

Vous en gardessias bèn, ou camin de ferre, de demanda uno biheto par *Labrihano.* Lei geougrafo de P.-L.-M. an jamai ousi parla d'aquéu païs d'aqui. An fa, de nouosto vièio *Leporiana*, l'estacien : *Brillanne-Oraison.*

FAIRE PASSA EI VESIN.

Il ne sera plus nécessaire, à l'avenir, de remonter aux temps de Bertrand de Forcalquier ou du roi René pour trouver à Labrillane un événement digne de mémoire. La date du 16 Septembre 1888 éblouit et efface désormais les souvenirs d'un passé trop lointain.

A l'avenant appel de MM. Maurel et Plauchud de toutes parts ont accouru des groupes nombreux de félibres et de gracieux essaims de dames et de jeunes filles. Aucune félibrée, croyons-nous, n'avait obtenu le concours d'un aussi grand nombre de dames; à la table de maître Istre, l'excellent hôtelier de Labrillane, on en comptait plus d'un tiers parmi les convives; aussi la gaîté, le bon ton et la plus vive animation ont-ils régné tout le temps de cette fête cordiale si admirablement réussie.

M. l'abbé Manuel, curé de Labrillane, qui avait bien voulu retarder l'heure de sa messe, a souhaité la bienvenue aux félibres groupés dans son église par des paroles pleines de tact et d'à-propos. M. le curé n'avait pu, à cause des cérémonies du dimanche, prendre part à la réunion, mais il s'en est excusé par une lettre révélant un véritable talent poétique.

Disons aussi, tout d'abord, combien les étrangers ont été touchés de l'accueil qui leur a été fait, au nom de la bonne population de Labrillane, par M. Plume, maire, et par son adjoint.

A midi, nous entreprenions autour d'une table de quatre-vingt-quatre couverts (12 fois 7), l'appétissant voyage circulaire suivant, dont l'horaire avait été soigneusement dressé par de prévoyants alpinistes. Cet itinéraire, luxueusement imprimé sur papier de teinte eau des neiges, était enrichi de vues de la contrée montrant le bel horizon des Alpes, et le pont de Labrillane, cet arc-de-triomphe élevé à l'altière Durance, comme M. Plauchud devait bientôt nous le dépeindre.

P. L. M.

VIAGI CIRCULARI
ENTOUR DE LA TAURO

LES PROUVENÇAU
SE TÈNON MIES A TAURO QU'A CHIVAU.

EMBARCADOU

Ourivo dou claus de Varansoro.
Rainfouort de Karvalat.
Meloun ouresounen.
Cambajoun de Pé d'Oulun.
Buèurri gapian.

ESTACIEN DE BRAMOFAM

Peis de Durènço, sausso templié.
Buou de Digno, ou bèn Lèbre de Leporiano.
Vouoro-ou-vènt à la Pin-y-Soler.

ESTACIEN DE SANTO BRIFO

Pese verd de Sant-Clamens, souta.

GARO DE PRENMAIKOUSSO

Gabrihoun de mèste Lèud.
Mesclo d'andivo e lachugo.
Douçoù dou rei Renat.

ESTACIEN DE NIAKAZIPROUN

Froumàgi de Fountiano.
Frucho de Nouiés.
Bescucharié oupenco.

DEIBARCADOU

Clareto de l'endré. — TURTA DES TRES CABISCO. — Picomen de man. — Cafè. — BRINDE CATALAN, LENGODOUCIAN e CANADIAN. --- Trounadisso d'aploudimen. --- Quicho-café. --- PAROULIS MAREN, LAREN e GAVOUOT. --- Afougomen.

SEBO

16 setèmbre de 1888. Istre, oste à Labrihano.

Le train progressivement chauffé par le machiniste expert Escoffier de Manosque, qui fit jadis son apprentissage sur les grands transatlantiques, est arrivé à toute vapeur au débarcadère, où il a été accueilli avec le plus vif enthousiasme. Alors la série des discours a commencé.

M. Maurel, capiscol des félibres Alpins, a débuté par le suivant qui est d'une exquise grâce d'expressions:

Meidamo, Messies,

Es em' un dous tremourun que duerbou 'questo sesiho, ounté s'atrovon acampa la sciènço e la béuta; regrètou vivomen, em' un tal ounour, de noun agué coumo vautres uno bouco miés emparaula, uno vouai mai alena e mai calourènto par voui dire tout ço que ressèntou, tout ço qu' esprovou au founs dou couor.

Gramaci! gramaci à toutei vautrei, saberu e gai counfraire, d'agué ausi de luen la vouas counvidarello de nouosto rampelado; e, boutènt par un moumen la tanco es afaire, de veni, encuei vous asseta a-n-aquésto tauro freirenalo, dins aquéu pichot rode de Labrihano, tant bèn ensoureia e tant agradiéu.

Gramaci, au sendi de Prouvènço, à l'arderous e simpati felibre que fai sèmpre gau e de vèire e d'entèndre.

Gramaci, subre tout, dou founs de l'amo, à vautrei, Meidamo, qu'avei lou dóus parfum de la flour, lou rai calourènt dòu souréu e la riseto refrescarello d'un' aureto d'estiéu; à vautrei, divino ispirarello de tout bouon countaire, qu'emé vouoste bèu biais, vouosto gràci e vouosto béuta enlusissès toujour nouostei felibrejado.

Hou sabès toutes, ei gràci au felibrigi que deven aquelei farandouro e m' aqueles acamp ounté l'esperit emé lou couor se ligon ensèm par lou double liame de la pouesio e de l'amour dou terraire.

Lou felibrigi, que que n'en pouoscon dire, a d'autres toco que de manteni e de counserva, coumo un pious tresor, les tradicien e la lengo de nouostei rèire.

Ei dins aquéu sentimen d'amour e de respèt que nouost' escoro des Aup, siéu fier e urous de hou dire, en prenènt part autant que hou poudié, au grand mouvomen de reneissènço prouvençalo, a peréu adu sa peiro à l'édifici e tra sa noto dins aquéu sublime e meravihous douncert felibren qu'a revehia e fa trefouli toutei les pople de la raço latino.

A peréu reçaupu, dedins soun terradou, un pau d'aquelo grano que lou vènt pòuderous e fecound dau felibrigi a 'spoussa es quatre cantoun dòu mounde; e la terro estènt bouono, aquelo grano a poussa bello coumo noun sai, e toutei les an noui semounde uno frucho parfuma e mai que goustouo.

Adounc, anen à la seguido, la man dins la man, dins aquelo draio, pleno d'esper e de clarour que nous an fa Mireio e Calendau.

Cenchen se à l'oumbro dei grand pli glourious de la bandiéro des troubadour que representen encuei.

Canten coumo elei nouostes peno coumo nouostei joio dins aquéu parla, tant bèu e tant musicaire, qu'èro la lengo de nouostei rèire e que, dins lei lagremo, aven apresso au brès.

Hou sabes toutei, la lengo dou brès fai l'amour de l'oustau, e l'amour de l'oustau coungreio l'amour patriau.

Adounc, Diéu fasse que l'obro coumença dou félibrigi se countinueugue, e, senso 'ntravadis su soun camin, vague sèmpre mai en s'espandissènt !

Diéu fasse que nouosto lengo, qu'amen eme passien, se parle dins nouoste bèu païs tant de tèms, encaro que la Durènço barrulara en bramènt, dedins soun liè de peiro redouno.

Tant de tèms encaro que l'auro sarabrouo de la mar, fara flouri, en les poutounejènt, les ourivié, au travei de nouostes coutàu ensouréia.

Meidamo, Messiés, ai acaba, voulènt pas mai de tèms abusa de vouosto patiènço ; voui gramaciéu couralomen de l'atencien que m'aves pourjueu.

Mai pamens, avans de claure aquelo dicho, leissè-me semoundre e manda, subre lei grandos aro dàu respèt e de la recouneissènço, un salut amistadous e courau au peirin de nouost' escoro des Aup, lou valènt Roumaniho ; e à nouoste car Capoulié, lou pouèto imourtau de Maiano, que fai trelusi de sei bèu rai de glòri lou frouont sacra de la Prouvènço !

Puis M. Huot, syndic de Provence, dans une improvisation pleine de jolis aperçus, a constaté que le félibrige des Alpes s'est acquis une popularité sans égale par la cordialité qui règne dans ses réunions plutôt que par le faste et l'apparat de ses fêtes. Ensuite, avec l'accent et le geste maillanens de l'illustre poète que M. Huot rappelle si exactement, il nous a transportés, par la poésie suivante, sur les rivages de cette Méditerranée sereine que ses descriptions imagées nous donnaient l'illusion de voir.

LOU BAN DE MAR

I

Es dimenche; lou dina passo;
Lou soulèu poun, lou cèu es clar;
Vuei, pas ges de travai qu'alasso:
Sout li pin ai fa la radasso........
Anen prendre moun ban de mar.

Davalen de vers la calanco,
(Ma calanco de Mount-Redoun).
Au pèd d'un grand ro que s'escranco,
I'a 'n mie-ciéucle de gravo blanco
E de caiau lisc e redoun.

Eilalin, Marsiho pounchejo;
Davans iéu, viéu loun castèu d'I;
Tout ou founs, la Nèrto bluiejo:
A gaucho, la mar poutounejo
Li roucas dis isclo amudi.

Pauven-se. Lou repaus es sàgi
(Fau pas se bagna susarènt).
Di cabanoun dóu vesinàgi
Vèn de nedaire de tout iàgi.....
Eisaminen-lèi a-de-rèng.

II

Chasque trau, dins la roucassiho,
Se tremudo en recatadou;
Drole o barboun, fremo vo fiho,
Pèd nus o caussa d'espadriho,
S'avançon pièi dóu bagnadou.

Li proumié qu'an fa fouero-vèsto
Es tres o quatre foutissoun,
Maigre, brounza, la cambo lèsto;
Tóutis ensèn picon de tèsto
E nadon coumo de peissoun!

Un mousseirot, à grand braieto
Curbènt lis espalo e lou cuou,
Dins l'aigo, en se fasènt riseto,
Trais soun cors de dameiseleto
Raia de blu.... coumo un auruou.

Un paire bagno sa famiho,
Dins si bras tèn lou cago-nis;
Un mouloun de drole e de fiho
A soun entour s'escarrabiho......
Mai lou pichounet fai qu'un cris!

Un gai roudelet de fiheto,
Fresco e mignoto que-noun-sai,
Quielon coumo de dindouleto;
Li faroto fan la cambeto
Is àutro paurouso: « Ai! ai! ai! »

Braio courto, blodo frounsido,
Fan just vèire si boutelet,
Si bras fin, sa caro poulido,
Flour de mai pancaro culido.....
A l'oumbro de soun capelet.

E pataflòu! dins l'aigo tousco
S'esparpaion d'eici, d'eila,
En picant l'escumo qu'espousco:
Dirias un eissame de mousco
Que nadon dins un tian de la.

Un gros moussu, larjo bedeno,
Davalo de galapachoun;
Sus sa braieto, qu'es trop pleno,
Tres renguierado de coudeno
Li fan centuro de bouchoun.

S'inquieto pas se l'oundo es frejo;
A pas besoun de boulega:
L'erso à soun aise lou carrejo,
Sauto, remounto, pièi floutejo
Boudenfle coumo un chin nega!

Sa fremeto, qu'es mistoulino,
Lou seguis.... mais l'imito pas.
A la plaço de sa peitrino
Tèn si doues man e s'estrancino
De s'embrounca 'n tóuti li pas.

O countraste de la naturo!
Vejo-eicito un autre parèu:
La mouié, tant-sié-pau maduro,
A mai de sièis pan de centuro....
L'ome, pecaire, es meigrinèu.

Eu es jalèbre; elo — es la modo —
Dis que fai caud; e, dins la mar
Viroutejo coumo uno rodo!...
Que Diéu benesigue la blodo
Que tapo aquéu quintau de car!

Tout es boulegadis, tout bramo!....
Darrié lis isclo s'abeissant,
Lou soulèu abraso li lamo,
Sus lis espousc mete de flamo,
D'or, de rubis e de diamant!

III

Pau-à-cha-pau chasque nedaire
Gagno soun trau pèr se seca,
Lis augo, à si boutéu, pecaire!
S'envertouion tant, de tout caire,
Que dirias d'iruge empega.

Lou sero vèn. La mar es siavo.
S'es escoundu lou grand soulèu.
Di pescadou li sóuco bravo
Tiron si bèto sus la gravo :
« Oh! isso!.... mete lou roulèu ! »

Me vaqui soulet. La fresquiero
Que m'adus de luen lou vènt-larg
Me reviho.... Avans la sourniero
Fau rejougne ma meinagiero.....
Deman prendrai moun ban de mar.

J.-H. Huot.

M. Gorde, le zélé président de la Société littéraire de Digne, s'est ensuite levé et s'est ainsi exprimé :

Ai begu à Garagòbi, lou vin de cent ans à la santa de M. de Berluc. Vous dirai pas que lou valènt e car peirin de la Soucieta scièntifico e literari de Digno, vau mai que soun pesant d'or. Vou sabès mies que iéu. Que Diéu lou beiniche e lou counserve dins lou respèt e dins lou bouanur de toutes.

Bevou à M, Mauréu lou gènt cabiscòu de l'escoro des Aup; à M. Plauchud lou saberu presidènt de l'Atenéu.

Se vouiéu debana toutes les merite d'aqueles braves coulègos e amis, me li negariéu dedins, coumo lou curat de Marofougasso dins ses nouis.

Brindou, peréu e de tout couer, es damos e dameisellos que nous encanton encuei, emé sa bello caro, emé sa boueno gràci ; à l'amista freirenalo des acadèmis de Fourcouquié e de Digno que marcharan toujou, la man dins la man, dins la draio dou grand, dou béu e dou verai.

Nous avons remarqué, venus de Digne, M. Daime vice-président de la Société littéraire, l'habile ingénieur de nos chemins de fer alpins; M. Noël Roche, l'auteur de la savante étude publiée sur l'électricité à Manosque; M. Jauffret, dont nous n'avons pu ce jour-là applaudir la voix sympathique; les deux fils de M. Gorde, aussi habiles vélocipédistes que félibres dévoués; M. Mariaud, conteur plein de grâce et graveur d'une incomparable habileté; avec le beau talent qu'il possède M. Mariaud aurait dû prendre rang parmi les plus grands artistes du burin; il a modestement gardé chez lui la plupart de ses productions ravissantes, et, tout en dévoilant ses qualités, nous devons exprimer nos regrets de ne pouvoir leur donner la publicité qu'elles méritent.

Mais nous ne saurions entrer dans l'énumération de nos convives si nombreux, nous craindrions d'en omettre une trop grande quantité et la liste de leurs œuvres ou de leurs publications rendrait interminable ce modeste compte-rendu. Disons seulement que M. Célestin Roche, représentant de l'École de la Montagne: regrette que l'absence de l'abbé

Pascal lui laisse, à lui très insuffisant secrétaire, l'honneur de représenter *l'École de la Montagne* à cette charmante réunion et celui de répondre au sympathique salut de *l'École des Alpes*.

M. Roche boit à l'union des deux sœurs; il boit à l'avenir qui les verra réaliser la devise de *l'École de la Montagne*, et parvenir ensemble, la main dans la main, aux sommets où plane l'aigle et où le soleil resplendit sur les neiges vierges:

« Mountaren ! »

M. Auguste Thumin et M. Louis Pelloux, l'historien de nos Communes Forcalquériennes, étaient les délégués des Felibres de la Mar. *M. Thumin nous a lu la gracieuse pièce suivante:*

Messiés,

Iéu, l'enfant de la mar, iéu que la Miéterrano
A bressa de sei brut de coulèro e d'amour,
Iéu qu'ai viscu, grandi souto l'aleno sano
Dòu vènt-terrau que nèisse o mouere emé lou jour;

Vèni, toustèms, vers vous, fiéu de la tremountano,
Que la Flòri deis Aup sadoulo de sentour;
E vous diéu: « Accuiès lou fraire de la Plano
E de vouesto amista, baias li lei favour;

L'i a dret car es un pau uno rato-penado,
Tenènt per sa famiho à bessouno encountrado,
Eis Aup maravihous em' au Rose rabènt:

Voui, siéu dei mount flouri se regardas mei rèire
E tambèn siéu urous, turtant 'mé vous moun vèire,
De bèure à moun Marsiho, ount' ai moun vrai sourgènt»

M. Balthazar du Veyrier, capitaine de vaisseau en retraite, qui avait représenté aux fêtes latines de Forcalquier et de Gap les Français du Canada, a tenu, malgré son âge, à venir nous affirmer encore les sentiments de confraternité qui nous unissent aux latins du nouveau monde. Il l'a fait en ces termes, avec un accent de vibrant patriotisme :

MESDAMES, MESSIEURS,

Je ne peux vous dire combien je suis ravi d'avoir pu, malgré mon âge avancé et les petites misères qui en résultent, venir à cette imposante félibrée où je retrouve tant d'amicales et aimables connaissances, dont la rencontre m'est si particulièrement agréable.

Cette réunion, brillante par le grand nombre d'esprits éminents et distingués qui la composent, auteurs de tant d'œuvres remarquables du plus grand mérite et du meilleur goût ; brillante, par la présenee des représentants les plus autorisés et incontestés du sexe enchanteur ; fleurs charmantes et variées, gracieux assemblage, composition la plus heureuse et la plus complète d'une noble et belle cour d'amour, animant à un si haut degré cette félibrée, dont elles font le charme et l'ornement.

Cette brillante réunion, dis-je, où se trouvent à la fois rassemblés tant d'éléments divers de puissance félibréenne, de poésie, d'érudition et de beauté, me rappelle d'autant plus les grandes fêtes de Forcalquier et de Gap de 1882, qu'elle se passe sur cette même terre classique des Alpes, non loin des lieux, toujours chéris, témoins d'une partie de mon enfance, où je retrouve, je le répète, tant de précieuses connaissances.

Permettez-moi, Mesdames et Messieurs, d'invoquer le souvenir de ces fêtes célèbres, pour rappeler à votre esprit la sage, intelligente et vaillante race, toute Française, du Nord Amérique (j'ai nommé le Canada) dont le cœur bat toujours à l'unisson de celui de la mère patrie, dont elle est séparée depuis plus d'un siècle et demi, et que cependant elle aime et chérit toujours de toute la force et la constance du regrêt.

Cette population considérable, qui prend de plus en plus d'extension, et qui arrivera certainement un jour à d'immenses proportions, implante, toujours plus, dans cette partie du continent Américain, les habitudes, les mœurs et le génie de la France. C'est en vain que le Gouvernement Britannique, a essayé de tous les moyens et fait l'impossible pour la fusionner dans l'élément Anglo-Saxon, il a complétement échoué; et force a été pour lui, depuis longtemps, d'y renoncer.

Mesdames et Messieurs,

Je viens, à 6 ans d'intervalle, vous proposer un nouveau toast à ces fidèles enfants de la France, dont la séparation déjà si ancienne, n'a pu altérer les sentiments d'attachement et d'amour à leur ancienne patrie, dont ils ont toujours fait et feront toujours l'honneur et la fierté, par la pratique incessante de toutes les vertus publiques et privées; aux félibres Canadiens particulièrement qui ont pour chef le célèbre poète Frechette, dont vous connaissez tous les mérites.

Mesdames et Messieurs,

Buvons donc du fond du cœur au bonheur, à la gloire et aux succès de nos compatriotes et amis les Français du Canada.

M. d'Ille s'est levé et a porté un toast à M. du Veyrier, doyen de la réunion, élève du glorieux collège de Forcalquier, et digne héritier du légendaire Monseigneur Miollis dont la figure est restée si populaire dans nos Alpes.

M. de Gagnaud lit alors les strophes suivante:

A-N-UNO QUE PLOURAVO

O, quest mounde es qu' erme e bousigo:
Si flour, l'auro lis ablasigo;
Si frucho baion l'enterigo;
Dins si draiòu lista d'ourtigo,
Gis de sentour, pas 'n' oumbro amigo.

Siéu de crèire: l'ai treva iéu
Cinquanto iver, cinquanto estiéu.
Jamai i' ausiguère un piéupiéu
De calandro, un cascai de riéu!
A nòsti chato, à nòsti fiéu,

Ah! diguen ié bèn que la vido
Ei eino amaro e flour passido;
Que la souleto regalido
Es de marcha dins li caussido,
Paréu pèr paréu, man unido.

Urous se, long di vabre escur,
Cuihon un soulet poum madur,
Uno roso dóu prefum pur!
Urous, envejàbli segur
S'an miechoureto de bonur!

Pourchiero, Setèmbre 1886.

Oui, ce monde n'est que lande et désert : — Ses fleurs, la brise les broie, — ses fruits font grimacer nos lèvres ; — dans ses sentiers que l'ortie borde, — nulle senteur, pas une ombre amie.

On peut m'en croire : je l'ai hanté, moi, — cinquante hivers, cinquante étés. — Jamais je n'y entendis un pépiement — d'alouette, le son de cristal d'un ruisseau. — A nos filles, à nos fils,

Ah ! disons bien que la vie, — c'est baie amère et fleur fanée ; — que l'unique joie, — est de marcher dans les épines — deux à deux, les mains enlacées.

Heureux si, le long des ravins sombres, — ils cueillent une seule pomme mûre, — une rose à l'arôme franc ! — heureux, enviables à coup sûr, — s'ils ont une petite demi-heure de bonheur !

A. G.

M. Eugène Plauchud dit cette boutade à la Durance envoyée par son ami intime M. Paul Dhuc.

DURÈNÇO!

A Garagòbi, 'n jou de fèsto,
Te diguérou : « Se fas ta tèsto
Pourrian te metre a la resoun ! »
Despièi lors siès esta proun lèri ;
Mai segur faras plu l'arlèri
A l'endrechièro d'Ouresoun.

Te truferei de ma menaço,
Creiènt, belèu, que nouosto raço
Sourié jamai t'encadena.
Bè ! viès encuei ce que t'arribo
Par barrula fouoro tei ribo,
Coumo un chivau descoussana.

E, par afourti nouoste empèri,
T'aven fa fourni la matèri
Que mestrejara tei furour ;
T'aven pres tes peiro, ta sablo,
E, par faire uno obro durablo,
T'aven cava 'mé ta vapour.

Eh! coumo sièi mata, Durènço !
Aven de tu plu de cregnènço ;
Pouos t'enrabia lou jou, la nueu ;
Mouordre su les peiro emé ràgi ;
Par mastega pariés oubràgi,
Tei dènt soun pa 'nca proun pounchueu.

Escoutè-la 'quito dessouto ;
Vourrié les eibranla, lei vouto ;
Coumo lei buto en rugissènt !
Mai nàutrei rian de sei malìci
Coumo un chamouai des precipìci,
Coumo Luro se ris dou vènt.

Pamens, par pa 'ntrava ta marcho,
T'aven fa 'n pouont emé sèt archo,
Sèt archo ! Auses ? Ni mens, ni mai.
Sèt ei lou noumbre dei Felibre,
Roumo avié sèt mount su lou Tibre,
Nouosto santo Estello a sèt rai.

E se voui m'en creire, Durènço,
Soubras garda la souvenènço
De la liçoun. Senoun, bèn lèu,
S'en trecoulènt dou d'aut des couolo
Countunies de faire la fouolo,
T'embarren jusqu'à Mirabèu.

M. le Dr Eugène Bernard s'est adressé aux dames, et a su réunir tous les applaudissements avec la délicate poésie que voici:

Meidamo,

S'ei deja trop di de paraulo
— Bèn dicho par vous encanta —
Par que vougou peréu canta...
Auriai dre de çarca de gaulo
E de me fouita dur, cridènt:
« Tè, tu! vendras plu l'an que vèn! »

Cantarai pa. Mai vourriéu dire
Ei bellei damo qu'eici véu
Lou gramacì que se li déu.
Eh! voui, Meidamo, siai lou rire,
Siai lei flou, lou parfun, lou mèu,
Siai l'eimàgi meme dou cèu.

N'avei la serenita bludo,
N'avei lei rai tant pouderous.
E s'encuei nous trouvès urous
Ès que nouostes amo eimougudo,
Au found de vouostes uei risènt,
Vièn lou bouonur paradisèn.

Oh! siègués toujou de la fèsto!
Voui, d'ounte que boufe lou vènt
Venèi mai lusi l'an que vèn;
Par noui faire vira la tèsto!....
— Adounc, boutoun fres e bèuta,
Que Diéu voui garde la santa.

M. Milon, avec sa cascarelade Lou Sublet *a obtenu un grand succès.*

LOU SUBLET

Dins mount jouvèn, per meis estreno,
Ma maire me croumpé 'n sublet
Flame noù, un fin galoubet.
S'èri countent lou vias sèns peno.

Plen de gàubi per l'estrument,
En rèn de tèms passeri mèstre.
Entré me leva durbiéu l'èstre,
E flahutejavi 'n moument.

Lou roussignoù dins la ramiho,
La cardalino e lou quinsoun
M'ajudavon de sei cansoun.
Jamai s'ei vist talo armounio.

Quouro agueri barbo òu mentoun,
Lei chatouno dòu vesinage,
Afoulido de moun ramage,
Venièn de tout caire e cantoun,

D'un èr calin, faire riseto
Ou musicaire afeciouna.
Qunte gai rire m'an douna
Quand li prestavi ma subleto !

Ia de tèms que lou galoubet
Gaudissié moun amo candido.
Aro ma missioun ei coumplido.
Adiéu ! m'an coupa lou sublet.

A z'Ais, lou 14 de setèmbre 1888.

M. Oswald Girard, dans un ravissant sonnet tout empreint de l'amour du clocher et du foyer domestique, nous a prouvé qu'un séjour de vingt ans à Paris ne saurait faire oublier, à un bon provençal, la langue qu'on parle long Durènço:

A LA TOURRE

DOU CASTÈU DE MANOSCO

Antan fasiei la lei en touto l'encountrado,
Tei sujèt souinissien souto 'n carcan mourtau ;
As bello te teni toujou tant aut quihado,
Encuei, que siès? Pa rèn ! Qu'un mouroun de frajau.

Toun èstro loungarudo, e ta facho estrassado
Te fan un èr minable ; as ou frount de gros trau
Enclafi de machouoto e de rato-penado ;
As les proumié bacèu dou coumpaire Mistrau.

Sièi bèn laido !... E pamens, lou Manousquin que t'amo
Dre que de luen te vei, ou prefouns de soun amo
Sènte courre un rai de sourèu ;

Es que, quand s'enané, l'as quita la darnièro ;
E quand vèn, li fas mai bouqueto la proumièro,
O bello Tourre dou Castèu !

M. le baron Guillibert, qui s'est acquis le titre de triouletaire, *n'a pas voulu nous priver des vers en échos gracieux auxquels il nous a habitués : voici son* Brinde de conse secretàri di Laren à la felibrejado aupenco de Labrihano:

Messiés e gai counfraire,

Venen d'aussa li veire e béure m'estrambord en l'ounour di belli e nobli damo, di poulidi e genti chatouno que soun li flous encanteiris de nosto taulejado. Mai se soun li reino de nosti cor, volon pas qu'oubliden li reino dòu félibrige.

Adounc beven, midamo e messiés, à nosti reinos amado, à si gràço dono Frederi Mistral, à nosto siave soubeirano M[llo] Tereso Roumanille. Que l'aure dis Aup, li rai souleious, li flot de Durènço li porjon l'oumàgi de nosto amiracioun e lou respèt courous e fidèu de tóuti li felibre.

Puis, déclarant la cour d'amour onverte, il a lu le triolet suivant :

En court d'amour li belli damo
S'acampon 'mé li chivalié;
Venon juja li cor, lis amo
En court d'amour, li belli damo.
Pardounaran à-n-aquèu qu'amo
Sis oublidanço e si foulié:
En court d'amour li belli damo
S'en van chousi si chivalié!

Ensuite, en sa qualité de grand-chancelier de la cour d'amour de Provence, il lit ce triolet programme, invitant les Félibres à lui transmettre leurs poétiques réponses:

Lequel de ces trois amoureux
A le plus reçu de sa Dame ?
Serrement de main chaleureux
Au premier des trois amoureux;
Au second, boucle de cheveux;
Au troisième un regard de flamme.
Que la Cour dise l'amoureux
Qui reçoit le plus de sa Dame ?

Les réponses seront reçues à la chancellerie de la cour d'amour, laquelle rendra son arrêt au printemps 1889.

M. le conseiller Granier, avec ce mâle accent qui soulève l'enthousiasme, nous a parlé de l'union et de la concorde, écloses sous l'égide du Félibrige. Il a recueilli les bravos d'une assemblée au plaisir de laquelle il avait plus que personne contribué ; car c'est M. le conseiller Granier qui avait bien voulu se charger du local, et s'occuper de la partie matérielle de la Félibrée de Labrillane. Nous devons lui exprimer notre reconnaissance et nos félicitations.

A côté de M. Granier, venu avec toute sa charmante famille, se trouvait M. le vicomte de Selle, vice-président du Conseil général des Basses-Alpes, Les représentants des grands services publics, comme de nos corps élus, tiennent à donner en toutes circonstances la preuve de l'intérêt qu'ils portent à tout ce qui passionne si vivement nos populations provençales ; c'est ainsi que nous avons eu le plaisir de remarquer à cette Félibrée, avec M. le vice-président du Conseil général, du maire et de l'adjoint de Labrillane, M. Demandols, président du tribunal civil de Sisteron ; M. Depieds, juge à Grasse ; M. le receveur des finances Picquet ; les ingénieurs ou représentants des Ponts et Chaussées des arrondissements de Forcalquier, d'Aix, de Digne et de Gap ; des officiers de terre et de mer ; enfin, dans une confusion toute fraternelle, des hommes tous animés du même souffle patriotique.

Nous ne citerons pas les dames qui faisaient l'ornement de cette réunion. Leur modestie nous fait une loi de taire leurs noms ; elles ont répondu avec un empressement touchant à l'appel qui leur était adressé, et elles savent qu'elles ont fait la joio, *l'*ounour *et l'*estrambord *de cette* fèsto coumplido.

Vers la fin du banquet, M. le président Plauchud a reçu un pli exactement adressé aux Félibres réunis à l'hôtel Istre. C'était un mémoire justificatif adressé par la Durance elle-même à ceux qui la dénigrent. Voici cette lettre remarquable, dont M. Plauchud doit quelque peu connaître l'auteur :

Lou 16 Setèmbre de 1888.

DE SOUI LOU POUONT DE LABRIHANO,

LA DURÈNÇO EI FELIBRE

Messiés,

Li a proun tèms que m'escalustrès, que me mandès à l'aprèi de marridei resoun, que siégue de Garagòbi, d'Ouresoun ou de Labrihano. Jusqu'eici, ai fa la muto; mai quand n'-i-a proun, n'-i-a proun, e, à la fin, me reveissìnou.

E vàutrei, Meidamo e Meidamisello, m'escusarés se venou treboura, 'n moument aquelo galanto sesiho;

mai l'oucasièn m'a pareissu bouono d'escudela ce que pensou; e pièi, sian un pau souorre, nouostes caratèro s'avènon, e se nous acuson d'èstre, de fes que li'a, uno brié verinouo, en qu la fauto?... Ah! les omes! les omes!... Meidamo, se leissen pa faire, e couòmtou su vautres par prendre mes part e m'apara.

Veguen, Messiés, qu'es que me reprouchèi? D'agué la dènt un pau longo, e dins mei jou de malìci de rouiga, d'eici, d'eila, quàuques pèço d'esparcet, ou quàuquei lèio de pesoto? E bè! quand vous enrabias couontro iéu, fariai miei de faire remounta à vouostei rèire l'iro que vous carcagno; car es eles, émé la destrau e lou fueu, qu'an tout coupa, tout sacreja su lei mountagno, sènso sounja à-n-aqueles qu'èron dessouto. Paguès encuei lei déute de vouostes paire, fei la penitènci de ses pecat.

Mai qu saup açò d'aquito? Es que jamai nous an fa couneisse l'istòri de nouoste païs? Li a pa dangié. Par abord lou passa couomto pa, lou mounde dato d'encuei; e, de l'aveni, s'en trufon coumo d'uno grueio de meloun. Pamens déurien saupre que lou pecat ouriginèu es uno verita escricho dins lou libre de la naturo, valènt à dire de Diéu, e que pu lèu ou pu tard, fau toujou regla ses comte.

Mai, en li regardènt de pròchi, es que siéu tant feroujo que ce que vourèi bèn dire?
Ei verai que, de tèms en tèms, tiràssou quauque granjoun que s'atrovo à pourtado de mes arpo; e, par uno misèri coumo açò, tóutei de crida: Secoui! misericòrdi! e de me trata de couquino, de gusasso;

mai pas un que pense à me remarcia dei richesso e dou bèn-èstre que saménou tout de long de ma routo. Les omes, coumo lei nacien, soun pasta d'ingratitudo.

Prenès un craioun, vautres que siai de letru, que sabès chifra, e fei l'adicien dou bèn que fau e dou mau que me reprochon. Que serié la Prouvènço sénso iéu? Un armas pu secous que lou camin que meno ou Paradis. Qu's que fai poussa lei bellei frucho, les pradarié, lei souco, lei meloun, lei faiòu les pessègue que, de Sisteroun à Castèu-Reinard, emplisson d'or lou boussoun d'aquéles que travaion les terro? Es-ti pa iéu qu'abéurou la capitalo de l'empèri dou Souréu? E maugrat tout acò, avèi lou toupet de dire que siéu un flèu; un flèu! iéu..... Ei verai que n'en dias outant dou mistrau. E que seriai sènso nàutrei dous? — Pàrlou pa dou Parloment — de maluroui bramènt de fam e devouri par la pevouino; car se iéu vous enfresquéirou, ei moun coulègo, lou grand escoubihié, qu'empouorto e vai nega dins la mar tóutei lei microbo maufatan que coungrien lei marandro.

Es que me làissou pa faire tout ce que vourès? Es que me saunés e me ressaunés pa, par me mena, dins de biau, ou travèi des couolo, pourta la vido 'n pau partout? Es que me plàgnou quand me prenès touto moun aigo? Voui marcandejou-ti mei forço? Nàni! Prenès, prenès tout ce qu'a mes en iéu lou grand soubeiran; mai de gràci, renès plu.

Me menacèi de-longo de m'encadena; un de vautres parlo meme de m'embarra jusqu'à Mirabèu; crehei belèu qu'acò m'eifraio e me trebouoro; ei mau me couneisse. Serié 'n chale par iéu de m'enana dourin douran, dins un lié bèn fa, e de vèire, su mei ribo, tóutei lei Felibre veni revasseja à l'oumbro de mei grand sause e de mei longues pibo ; ensèm cantarian nouosto Prouvènço bèn amado.

Ah! s'avias par doui liard de bouon sens, es aqui que samenariai vouostes escut, n'en grehiarié de louvis d'or, en liojo de les pourta, sàbou pa mounte, par n'en pa meme recourta de dardeno.

Mai se 'n jou, ce qu'ai peno de crèire, sias tant badau, vous prenié l'envejo d'acò faire, m'esquichès pa trop; emai siègou pa tant marié que lou renoun que m'an fa, quand en plaço de me coutiga, me pessugon, fau coumo les cat, m'enmaliciéu, me revénjou, e d'un cop de grifo empouòrtou lou moucèu. Amou mes aise, coumo les aiglo que planon su lei mourre dei grands Aup, ounte ei moun brès.

Acò en despart, me pouai vira e revira tant que vous agradara; e sustout, voui genès pa par me basti d'arc de triounfle, d'acò qne vàutrei li diai de pouont. Ei lou pu bel oumàgi que poudèi rèndre à ma grandou. Dirias pa coumo siéu glouriouo de me pavana coumo un triounflatour souto vouòstei sèt archo, dou tèms que, d'amount, me regardès passa dins touto ma majesta.

E, aro que vous ai di ce qu'aviéu su lou couor, adiéussias! m'en vau ou Rose; en passènt, dirai un mot de vouosto felibrejado à-n-aquéu de Maiano.

Pénsou qu'aquelo brié de reveissinado vous engardara pa de faire vouosto digestien, e voui souvètou l'ouro qu'es.

Signa

DURÈNÇO

Comme ils avaient été félicités à leur arrivée par M. le curé de Labrillane, les Félibres devaient entendre avant leur départ les adieux de M. l'abbé Bongarçon, le seul ecclésiastique qui ait pu prendre part à cette belle réunion. Il l'a fait avec une humour charmante dans une pièce de vers qui a clos la série des discours.

MESSIÉS,

D'ounte vèn que tóutei les an,
Soun acampa les capelan
A l'entour de vouosto taulado,
Au mitan dei felibrejado ?
Les omes que parlon latin
Dei felibre soun-ti cousin ?

Sian mai que cousin... sian de fraire !
Ei lou sen de la memo maire
Qu' en nous trahiènt lou meme la,
Nous trahié lou meme parla.

Se fau voui n'en douna de provo,
Voui n'en dirai de touto novo :
Quand lou chèfe de l'Atenèu
E lou cabiscòu, Loui Maurèu,
Manderon aièr sa biheto
Tant amistouso e tant genteto
Par noui fa saupre qu'aquest an,
Lei felibre, s'acampahian
Su lei ribo de la Durènço,

Ai pa pardu la souvenènço
Qu'à soun parla tant dous, tant fin,
Mescleron peréu de latin.
Leporiana, Labrihano!
Vaqui la lengo dei soutano!.....
Hou viai, messiéi, se rescountren,
Parlès coumo nautres parlen.

Es pa lou tout, mes car counfraire.
Ço que noui fai, subre-tout, fraire,
Ei lou pitre, ei lou meme amour:
Amen les estello e lei flour,
Amen lou printèms que vardejo,
Amen la luno que clarejo,
Tout ce qu'ei bèu, tout ce qu'ei grand
Viéu dins l'amo dou capelan
E dou felibre ou couor amaire;
Vaqui, messiès, par que sian fraire!

Fraire felibre, adounc beven
A nouosto bello coumunien!
Su lei ribo de la Durènço
Juren, enfant de la Prouvènço,
De marcha la man dins la man,
En cantènt toui lou meme cant!
Ensèn faguen la farandoulo
Lou long dei sause, des piboulo,
Au son dou meme tambourin,
Coumo fan Sant-Maime e Doufin!

De la lengo de nouòstei rèire
Sèmpre sieguen lei mantenèire,
E de sa Fe juren perèu
D'ouboura bèn aut lou drapèu.

Vous ai di touto ma pensado,
E coumo l'avès escoutado,
A toutes, tant que sias eici,
A tóutei, voui diéu: Gramaci!!

Les convives se dispersaient déjà quand M. Huot, cédant aux instances des dames et de ses amis, a débité sa ravissante poésie Uno noço de gènt de mar. *Le merveilleux talent descriptif de M. Huot image cette scène d'une façon véritablement incomparable.*

NOÇO DE GÈNT DE MAR

An de sang marin dins li veno
Li bèu nòvi fièr e courous!
Uno auro puro lis aleno.....
En fàci de la mar sereno
Van marida lis amourous.

Toui dous soun enfant dou terraire
Que la mar enlusis de rai.
Perfés an vist ploura sa maire...
Mai la mar, qu'an doumta li paire,
Is enfant porto ges d'esfrai.

Car soun felen d'ardit luchaire
Que d'ounour an carga renoum,
E, de si veissèu, pèr araire,
An coutreja, de tóuti caire,
La plano bluio en long sihoun.

D'aquéu tèms, dins li dos famiho,
Se parlavo que di marin.
Pèr la preguiero e la babiho,
Se mesclavon drole emé fiho,
Tèsto bruneto e péu aurin·

Li drole aprenien lou courage,
E li chato la carita.
Tóuti se fasien bon e sage,
Pèr que Diéu dounèsse bon viage
A-n-aquéu qu'a degu quita.

Tambèn, chasque viage acampavo,
De beloio que fasien gau!
Que fèsto au paire qu'arribavo!
E chasque retour empuravo
La joio e l'amour au fougau!

Ah! lou sang marin de si veno
Rènde fièr li nòvi courous!
Uno auro puro lis aleno.....
En fàci de la mar sereno
Van marida lis amourous.

Pièi, quand lou jouine capitàni
Se gandira sus soun veissèu,
Sara fort contro lis engàni
Di mescresènt e di pagàni
Que s'acampon souto lou cèu.

Aura, pèr santo, sa nouvieto,
Que, de luen, lou proutegira.....
Elo, en sounjant à-n-éu, soulcto,
Se souvendra que sa meireto
Avié courage..... e pregara !

E, toui dous, se dounant ajudo,
Esperaran lou jour beni
Que li dos vèlo loungarudo,
Que sèmblon dos alo pounchudo,
Pounchejaran de l'embruni.

Quand, dóu veissèu, dins la calamo,
Se poudra vèire trelusi
Lou frountau d'or de Nosto-Damo,
Si raioun enfioucaran l'amo
Dóu capitàni amourousi.

Lou bonur a lèu cassa peno !
E de se revèire es tant dous !.....
Uno auro puro vous aleno :
En fàci de la mar sereno
Embrassas-vous, bèus amourous !

C'est sous le charme de cette pièce bien provençale dite avec beaucoup de finesse par un homme de goût, que les félibres ont quitté la salle du festin.

Et maintenant, ainsi que nous le disions au début, Labrillane peut inscrire cette date du 16 Septembre 1888 comme une des plus mémorables de ses annales; c'est celle d'une fête de la poésie et de l'amour, et du patriotisme provençal!

\~\~\~\~\~\~

Bien qu'il soit de principe que le félibrige ne siège qu'à table, il ne faudrait pas croire que la fête littéraire s'est achevée avec le dernier toste. A peine les convives venaient-ils de quitter la salle du festin, que la séance recommençait en plein air, sur la pittoresque hauteur qui domine Labrillane, au milieu des ruines du vieux château de maître Leaud, le légendaire Figaro du roi René.

Là, sous la présidence de sept gentes damoyselles, tenant cour de gay scavoir, on a successivement entendu et applaudi maintes poétiques pages, venues de tous les coins de la Provence.

Nous n'avons pu malheureusement les recueillir toutes; voici du moins, celles qui nous a été possible de réunir :

SOUNET-BRINDE

ES AMI A LABRIHANO

Sout lou cèu blu de la Basso Prouvènço,
En alenant l'aureto de la mar,
Soun soufle pur, plen de douço esperénço,
Fai luen dóu cor fugi lei sounge amar.

Tant bèn, un vèspre, aguere souvenènço,
La luno, d'aut, me largant sei rai clar,
Que Labrihano, es courrènt de Durènço,
Acamparié d'ami que me soun car.

Li serai pa; mai moun cor, que rèn tanco,
Coumo l'aucèu que se ris dei restanco,
Tout trefouli, vers vautre voulara.

Car me fai gau de vous semoundre un brinde,
Un brinde ami, pèr d'ami sadoura
D'aquéu bonur que raio pur e linde.

C. Descosse.

LA COULOUMBETO

A Mlle A. de Barlu-Perùssis.

Voudriéu bèn uno couloumbeto
Per la betre dins ma chambreto.
Es acò que la sougnariéu:
E de perfums e de graneto
Embe d'aigo toujou clareto
N'in dounariéu, n'in dounariéu.

Voudriéu bèn uno couloumbeto
Per n'en faire moun amigueto,
E li diriéu, e li diriéu:
Es tu que siés la pu braveto
Soun coumo de nèu ta raubeto,
Ta capelino e toun fouidiéu.

Sarié tant candido e simpleto
E me sarié tant fideleto
Que l'amariéu, que l'amariéu.
Vendrié becar dins ma maneto
E farian ensèns la gousteto
E moun béure sarié lou siéu.

N'aurian pai besoun de jabieto
E meme que ma fenestreto
Eibadara la leissariéu.
Per qu'anéssi fa sa voureto
Em' uno briso de bagneto
Lou long de quauque jòli riéu.

N'aurié jamai sa figureto
Ni mòio ni façou leideto;
De li semblar m'esfourçariéu.
Sarié sèns flèu dins sa pitreto,
Sarié francho soun aviseto,
Dins ses uéi me miraiariéu.

Quand lou vèspre su ma couijeto
Panteisant quauco chansouneto
Tout frenissént m'endurmiriéu,
Vourarié dessu la courdeto
De ma liro ount farié pauseto
Per s'endurmir à cousta d'iéu.

L'Abat F. Pascal.

ENCO D'EN THUMIN

Oh! l'urouso farandoulado,
Quouro touto la « vidalado, »
Dimenche, enrego lou camin
De l'oustau d'aquéu bèu Thumin.

Fasié gau charra de Prouvènço,
Subre-tout faire couneissènço
De sa Dono, qu'à tant d'esprit
E d'avenènço: ah! pèr escrit
Rèn de rèn acò poudrian traire,
Pas mai que l'amour dóu Troubaire
Que dins Marsiho a bèn trouba.

Lèu, ve-nous-aquito arriba.
Pèr tóutei nautre es uno fèsto:
Aqui-dintre tout se li prèsto;
Es tout que pu bèu, que meiour.
E lou tèms vous li es que tròu court.
Un Museon, de meraviho
D'art e dei letro; de famiho,
Peréu de viàgi, souveni
Mai que requist, o Diéu beni!

Poues n'èsse fièr, galant Felibre,
Acò t'ispiro flàmei libre.
'Mé gènto Mouié, foueço urous,
Grand tèms n'en jouïssés toui dous:
Que lei bouen sòci, de tout caire,
T'aplaudisson, valènt cantaire,
Quouro à taulo, en galoi repas.
Em' Elo vujas e coupas:
A bèl èime, cadun, caduno,
Bèu vin d'elèi, emai degruno
Tant de bouen viéure, e, tant de... pan,
Qu'à la fin, avèn pas plus fam.

Pèr coumpli la felibrejado,
En fiero fen l'espacejado:
Que vai-e-vèn ! Marsiho ris,
Soun mai de mounde qu'à Paris;
E tambèn, adaut, à la Plano,
Gènt e merço, tout se debano.
Tourna-mai, vers Chavo, au balouard,
Li a « Farandoulo de la Mar. »

Mai, de Sant Lazare, la fiéro.
Marsihés, es vouéstei maniero,
Proun amistouo pèr lei Vidau...
Se souvendran d'aquel oustau.

Vès, amaren lèu-lèu revèire
Un tau parèu, turtà lou vèire
A la santa! au sant Païs
Que lausan coumo un paradis,
E que n'en dounes tant de provo,
Tu, car Thumin; n'avèn de novo,
Emé lei bèu pres de cènt franc
Qu'istitues encuei subran.

Adounc, gènt Moussu, gènto Damo,
A-z-Ais tout l'oustau vous reclamo,
Venès nous vèire, es counvengu;
Voulèn voui faire lou degu.
Fèn, que tant que sié, dimenchado,
A voueste ounour frelibrejado:

Jour dóu Segnour, vo jour oubrant,
A bras dubert vous esperan.

F. Vidal.

A-z-Ais, 5 de Setèmbre de 1888.

SANT AROI

(GALEJADO)

Ai legi dins un vièi manuscrit, parlant de Varansoro, que les meinagié e les manechau s'èron mes souto la gardo e la man de Sant Aroi.

Lou jou de sa fèsto, après la proucessien, après la benedicien dou pan, de la sau, des chivau, des muou, des ase (e des gènt par dessus lou marcat), li avié, lou sero, un repas ounte se trouvavon (lou rire en bouco e l'apetit es dènt), les prièu, lou pouerto guidoun de Sant Aroi e les meinagié que, à la quèto, avien douna 'no panau de blad.

Aqui, se chausissié les nouvèu dignitàri par l'an que venié, en presènci de Sant Aroi. Soun buste daura èro au mitan de la tauro, sus la plato de cuivre que recebié les dardenos.

Par respèt par lou sant, èro defendu de jura e de rèn dire de vilèn : autramen faié traire sus lou cop, e dedins la plato, un sòu par marrié resoun.

Par faire abord de sòu, li avié de priéu e de farcejaire que poussavon les cambarado à mau parla e, de fes, se n'entendié que tubavon.

Tout prouvençau a l'abitudo (pas boueno), de parla grana e sarra; mai aquéu jou, sucravon soun parauli, lou miès que poudien.

— Passo me 'n pau la fougasso, moun ami Jóusè, qu'as proun manja; as lou vèntre coumo uno cougourdo.

— Passo me la bouteiho, Touano, qu'as proun begu; as lou nas rouge coumo un pebroun.

Cougourdo, *pebroun* acò 's pa de mau. Avien decida que les noum de liéume (aquelo santo frucho de la terro), se pouhien dire.

Lou gros meinagié Bartoumiéu (regichié 'n sa de blad de tres quintau) se mesfisavo d'éu; èro un pau bret, n'en boufavo pas uno, e toutes li secavon la pastèco.

« Diés rèn, Bartoumiéu! Manges pas! Siés apensamenti! Travaies de tèsto coumo les aiet? Parlo un pau. Voues que lou manechau te cope lou fieret? As trop begu, Bartoumiéu! Que cigaro, Bartoumiéu!! »

Lou Bartoumiéu, arnissa, rouge coumo un......... agurènssi, se lèvo les poung sarra: « Parlas proun, vautres, li digué, mai hou avès tout à la lengo. Sourtirias pa 'n ai d'uno ribo, un chin d'un ùrgi. Paure Sant A....roi, que siés de pla.....gne! Estre lou pu grand sant dóu pa.....aradis e agué par priéu, qu'un rai de via....a....adase (1) e de cou... cou....coudoun! »

C. D. Gorde.

(1) *Viadase*, en provençal, signifie : Aubergine.

UNO CASSO MERAVIHOUSO

A l'Escolo deis Aup.

Lou cèu avié tira tóutei seis espacié,
E l'aigo à gros bouioun toumbavo sus la terro.
Lei troun e leis uiau fasien charivarié,
Que la grèlo tambèn n'èro partido en guerro.
S'èro jamai tant vist d'auvàri 'spetaclous,
Dóu mens a fa fremi nouesto pauro carcasso,
Coumo en capiterian pèr lou quinge d'Avoust
Qu'èro lou bèu sant jour que si durbié la casso.
S'atrouvavian aqui d'ami quàuquei paréu
Que s'erian bèn proumés de treva lei baragno;
Mai vaqui que l'aurige, à Miramas-Castèu,
Nous tengué pèr dous jour presounié de magagno.
Que guignoun, meis amis! qu's que nous l'aurié di
En partèn de Marsiho em'uno souleiado
A ravi de limbert? N'erian espaloufi,
Cercant coumo pourrian passa nouéstei vihado.
Fougué que la parloto, emé joio, esperit,

Paguesse soun escot à la mesaventuro.
Tambèn viguerian lèu cadun dins sa pousturo
Galeja, debita touto sorto d'escrit.
Davans d'un bèu grand fuè, pèd dins la cheminèio,
Tubant que tubaras, emé de chicouloun
D'aigardènt, de Pernod, s'en fagué de risèio,
E puei mai, e puei tant à perdre sei poumoun.
Si n'en digué de bello, e de verdo, e de crudo
A faire pantaia Lejourdan vo Gelu.
Mai vous n'en dirai ren: coumo tanto Jartrudo
Vouéli de la sagesso apara la vertu.
Vous countarai pas mai qu'uno pichoto istòri
Que m'arribé l'autre an, un jour dóu mes d'abriéu,
Es un d'aquélei còup que si gardo en memòri,
Tant es meravihous que vous tèn pensatiéu.
Eri dounc pèr passa un parèu de semano
Encò d'un brave ami, dóu mas de Micourau,
Que s'atrovo, d'aqui, dins uno verdo plano,
Qu'avesino tout just au païs de la Crau.
En troupo l'auceliho arribo à pleno vèlo
Dins aquesto ouasis ei bèis aubre ramu;
Aussi, vous dirai pas quand de casso crudèlo
Ai fa dins aquèu bèn, rèn qu'estènt à l'afu.
Mai acò coumto pas; veici ma meriviho;
Escoutas se voulès, escoutas atentiéu,
Durbès leis acubié, relargas leis auriho,
Se vous plais, d'oucasien, n'en faire tant que iéu.
M'avien douna pèr lors uno bello chambreto
Que soun estro durbié sus d'aubre à plen mouloun;
N'avié, subre tout, un qu'èro plèn de poumeto
E de longo carga de poulits auceloun.
S'en vesié de tout grun, despuei la cardalino,
Lou linot, la merleto, en jusqu'au gros biset,
Sènso encaro coumta quàuquei bèllei galino
Que mancavon jamai de li faire soun liet.
Ero poulit de vèire ensin amoulounado
Tant de bèsti piéutant pèr faire soun councert;
Mai, quand durbiéu moun estro au matin, l'envoulado
Si fasié tout d'un tèms tirant vers lou desert.

Acò m'agradé proun pèr quàuquei matinado.
Mai penseri, bessai, de n'en tira proufit.
E d'aqueste moument uno soulo pensado
S'arrapé tout d'un còup dins moun paure esperit :
Se d'un còup de fusiéu n'en fasiéu rèn qu'un chaple,
De segur sarié bèu, tóuti m'envejarien ;
E, subran dins moun sup cerquéri lou miracle
Que devié m'enaussa en pleno amiracièn.
Tant lèu à la fenestro e dins la cantounado,
Metéri moun fusiéu pèr veni lou matin,
Daise, daise, durbi, surprendre la couchado
En tirant mei dous còup sus d'aquélei lapin.
Adounc lou lendeman mi lèvi de boueno ouro ;
Dùrbi lou fenestroun, viéu l'aubre tout negras
Dei bèsti que li avié, subre tout de tourtouro.
Lei pèrdi pa de l'uéi, e sènso faire un pas,
Alounguéri la man jusqu'à ma canardiero ;
L'engàuti, tìri, pan! N'en viéu toumba que tres. (1)

. . . .

O capouchin de sort! Aquelo es petardiero!
En plaço dóu fusiéu, ai prés l'escoubo d'iero!

. . . .

Se mi troumpéssi pa, n'escapavo pas res!

Marsìho, lou 14 de Setèmbre 1888.

ALFRED CHAILAN.

(1) Ficien.

AU COUNFRAIRE ROUQUET

QUE M'AVIÉ MANDA SOUN « JANTIL »

En cantant Jantil emé sa mignoto,
Disèire d'elèi, mostres tout au còup
Amo de pouèto e de patrioto,
Pitre de francés e de carcinòu.

Reviéudes li rèire e sis acènt libre ;
Vese trefouli l'ourguei cadurcian ;
E nàutri peréu, de liuen, li felibre
S'en coungoustaren, tóuti tant que sian.

Gramaci ti vers, gramaci Toulouso (1),
La lengo de Còu se vai enarta,
E se parlara de sa glòri blouso
Un pau mai de tèms que dóu Gambetta.

A. DE GAGNAUD.

Pourchiero

AU CONFRÈRE ROUQUET

QUI M'AVAIT OFFERT SON « JANTIL »

En chantant Jantil et sa mie, — ô diseur d'élite, tu montres tout ensemble — une âme de poète et de patriote, — un cœur de Français et de Quercynois.

Tu ressuscites les aïeux en leurs libres accents. — Je vois tressaillir l'orgueil cahorsin ; — et nous, tout aussi bien, les félibres, de loin, — tant que nous sommes, nous nous en délecterons.

Grâce à tes vers, grâce à Toulouse-Lautrec (1), — la langue de Cahors va s'élever haut ; — et on parlera de sa gloire pure — un peu plus longtemps que de Gambetta.

22 août 1888.

(1) Le comte de Toulouse a écrit, de sa magistrale et exquise plume, la préface de *Jantil*.

A GAGNAUD

QUE M'A MANDA DE POULITS BERS SUS MOUN LIBROU
« JANTIL E TOUNTOUNÉTO »

NOUBELET MERCI DEL COR

I' a 'no fount dount l'aigo encantado,
M'an dit, jamai non s'estourris;
Regito, brumo, fa cascado,
E mai cando al lèn s'esplandis.

En azagant las flous, cascailho
De cansous que brèsson le cor;
Dins soun cristal ount se mirailho
Le soulèl planto d'espics d'or.

Sauto, biro, bagno graciouso
Coumbos, prats, castèls, oustalets;
Dins soun lièi en bando jouiouso
Ban bèure pastous, auzelets.

Ount rajo, las grezos flourìssen;
Flèus, malurs soun apazimats;
Les bièls se pincon, rajunìssen;
Les cors blazits soun acaumats.

A le poulit noum de *Jouvènço*
Que i' an dounat musos è dius:
Atal, charmaire de Prouvènço,
Batéji tous gracious escriùs.

Car fas brounzina sur ta liro
De bèrs qu'an lou doun d'encanta,
Fi ciselur, cadun t'admiro
Quand toun *soulei te fai canta.*

Ennairos l'amo, nous bransolos;
Al foc ardurous de tous cants
Quand fas bira cent farandolos
Les bièls friùton coum' à bint ans.

E, de las aùtous ount tu bolos,
Dègnos, per iou, rimur sans noum,
Liùra sur mas flous carcinolos
A flots ta poètico fount.

Tabès, « Jantil è Tountounéto »
Dins ta sourço s'abèuraran :
El mai bèl, Elo pus fresqueto,
Gracios à tu, lountéms biùran.

Per toujoun, su las nibouls rosos
Quand ta muso t'empourtara,
De laurié, de mirto, de rosos
La mibo te courounara..

Berluc, dins ta glòrio inmourtalo
Biùras!... Iou, serei doublidat...
Mès amount me farei cigalo
Per te canta moun amistat.

J.-B. Rouquet.

Coù, le 4 de sétembre 1888.

A GAGNAUD

QUI M'A ADRESSÉ DE JOLIS VERS A L'OCCASION DE MON PETIT LIVRE « JANTIL È TOUNTOUNÉTO »

—

NOUVEAU MERCI DU CŒUR

—

Il est, m'a-t-on dit, une fontaine dont l'onde enchantée — ne peut être tarie ; — elle jaillit, écume, tombe en cascade — et s'étend au loin, toujours plus limpide.

En arrosant les fleurs, elle gazouille — des chansons qui bercent le cœur ; — dans son cristal où il se mire — le soleil plante ses épis d'or.

Elle sautille et baigne en ses gracieux détours — les vallons, les prairies, les châteaux, les chaumières ; — dans son lit, par bandes joyeuses, — vont se désaltérer les bergers, les bergères et les petits oiseaux.

Partout où elle coule, par la vertu de ses ondées, — les terrains stériles deviennent féconds et fleuris ; — les fléaux, les malheurs sont dissipés ; — les vieillards se redressent rajeunis ; — et les cœurs abattus sont ranimés.

Elle a le joli nom de Jouvence, qui lui vient des muses et des dieux ; — de ce titre, poète charmeur de Provence, — il m'est doux de qualifier tes gracieux poèmes.

Car tu fais vibrer sur ta lyre — des vers qui ont le don d'enchanter ; — fin ciseleur, chacun t'admire — quand ton *soleil te fait chanter.*

Tu élèves nos âmes, tu nous transportes ; — au feu de tes strophes enlevantes, — lorsque tu fais tournoyer cent farandoles, — les vieux retrouvent l'ardeur de leurs vingt ans.

Et, des sublimes hauteurs où tu t'envoles, — tu daignes, pour moi rimeur obscur, — sur mes modestes fleurs quercynoises — verser à flots ta poétique fontaine.

Aussi, « Jantil et Toutounette » — dans ta source vivifiante se désaltèreront ; — et, lui plus beau, Elle plus séduisante — grâce à toi, longuement vivront.

Et, lorsque sur des nuées roses — pour jamais ta muse t'emportera, — de lauriers, de myrtes, de roses, — la mienne te couronnera.

De Berluc, dans ta gloire immortelle — tu revivras !... Moi, je m'éteindrai dans l'oubli... — Mais, là-haut, dans l'azur, mon âme se fera cigale — pour te chanter toujours mon amitié.

J.-B. Rouquet.

Cahors, 4 septembre 1888.

AU FELIBRE AGUSTE THUMIN

PÈR SOUN LIBRE « BOUI-ABAISSO »
QUE M'A MANDA EM' UN BIAIS TANT COUROUS

Brave Cambarado,

Lou Galant mandadis que voulès bèn mi faire
De voueste Boui-Abaisso embeimant lou roucau
Mi chalo que noun sai. Gramaci, bèu counfraire,
D'aquéu pèis saupica de pebre emé de sau.

Mi n'en vau regala de longo e lòngueis ouro,
E puei, vous tournarai quand sarai au *Sanctus*,
Vo que l'aurai chabi fin qu'au fin founs de l'ouro,
Pèr vous dire emé gau moun pichot *Oremus*.

ALFRED CHAILAN.

Marsiho, lou 24 de juiet 1888.

A N'AGUSTE THUMIN

APRÈS LEITURO DE SOUN « BOUI-ABAISSO »

Pèr un bouen boui-abaisso, es de segur goustous,
Aquéu flamé recuèi de vouéstei pouésìo.
Lou vèni de legi coumo ùn bèl amourous
Dóu parla de sei rèire e mai de sa Patrio.

Mai que mi disias dounc: de felibre crentous,
Que saup pa çè que dis, que cèrco l'armounìo
Dins l'apouticarié de soun paire amistous?
Sias un fin galejaire en pleno coumedìo!

Voueste libre es escri, d'en premié sus la fin,
Emé voio, esperit, coumo un bèu rasofin.
Avès counfisa d'ouro emé la Santo Estello.

E se sias cago-nis de l'aubre felibren,
Si vis qu'avès proun lèu durbi vouéstei parpello
E que sias, moun ami, dei mèstre lou felen.

ALFRED CHAILAN.

Marsiho, lou 6 d'avoust 1888.

ADIEU, BEAUX JOURS !

Où sont ces jours, sœur bien-aimée,
Où, tout le long du vert sentier,
Nous cheminions l'âme charmée,
Cueillant les fleurs de l'églantier ?
Où sont ces jours ?

Reviendront-ils rendre à la joie
Mon cœur plein d'ombre et déjà las ?
Pour moi, que la tristesse broie,
Ces jours tant radieux, hélas !
Reviendront-ils ?

Loin du pays j'ai fui les grèves
Que, pieds nus, enfant, je foulai.
Séduit par d'ambitieux rêves,
Ingrat et fier, je m'envolai
Loin du pays.

Je vais à toi par la pensée ;
Je revois le sol généreux
Du beau village où s'est passée
Ma calme enfance et, tout heureux,
Je vais à toi.

A mon retour, notre jeunesse
Depuis longtemps ne sera plus.
Vieux, je n'aurai de toute ivresse
Que souvenirs, bien superflus,
A mon retour.

Alors, ma sœur, je te l'assure,
Plus de courses dans les sentiers ;
Plus de charme à cueillir la mûre,
Ni la rose des églantiers,
Alors, ma sœur.

Adieu, beaux jours ! plus d'espérance
De vous retrouver en mon nid !
Je reverrai le ciel de France.
Mais vous ? C'est à jamais fini !
Adieu, beaux jours !

Mme JULIE FERTIAULT.

www.ingramcontent.com/pod-product-compliance
Ingram Content Group UK Ltd.
Pitfield, Milton Keynes, MK11 3LW, UK
UKHW020437230726
13925UKWH00004B/1737